鬼靈清潔隊

誰在商場裏搞鬼？

圖・文

Henrism

目録

人物介紹

◎ 柏千奇(別名：小奇)

小學三年級，在校園古怪事件中覺醒看見鬼靈的能力。從雷楠手中獲得前代「驅靈者」的靈符貼紙，解放出武器碌鬼棒，自此成為雷楠的伙伴，展開驅除鬼靈及清除烏氣的奇幻歷險。

◎ 碌鬼棒

由通渠泵變身而成。被前代「驅靈者」封印在靈符貼紙內，被小奇用靈力解開封印，現在作為「封魂器」協助小奇驅靈，是善良的靈。

◎ 雷葦楠(別名：雷楠／雷男)

繼承神秘家族「除烏師」的潔癖女高中生，能召喚靈獸清除烏氣，潔淨源頭。從兼職補習班中招攬小奇成為伙伴，一邊低調進行除烏工作，一邊追查家族門派之謎。

◎ 靈獸

在雷楠高度集中下召喚出來的生物，能夠吸收使「鬼靈」變強大的烏氣作淨化。

🌀 搗蛋塗鴉

在校園古怪事件中，由米羅負面情緒產生的鬼靈，被小奇用碌鬼棒封印在靈符貼紙內。它們只懂搗蛋和滋擾別人，能不能幫助小奇對付壞鬼靈呢？

🌀 神秘鬼靈

從遠處目擊小奇和雷楠對付鬼靈的過程，似乎對小奇抱有強烈興趣！？

第 1 話 「靈異現場」網絡群組

　　這天，小奇和米羅如常放學後去上補習班。到達門口時，雷楠急急從補習社內推門出來，慌忙地把小奇拉到一旁，說：「有新的鬼靈出現，我們現在馬上過去，詳情一會兒在路上說明。」

7

「我們要去哪裏？你是怎樣知道有新鬼靈出現？我現在可以拿碌鬼棒出來嗎？」小奇接二連三地發問。

「隨你喜歡吧，但不要放大碌鬼棒。」雷楠邊吩咐，邊按了幾下手機，然後遞給小奇看：「最近我加入了一個名為『靈異現場』的網絡群組，從昨晚開始就有數個群組成員報稱在『再來市商場』看到鬼靈出沒，但我覺得有些奇怪，所以現在先去調查一下。」

走着走着，他們已乘上了港鐵。在車廂內，小奇滿臉疑惑地望向雷楠，雷楠似乎也留意到他的目光，便問：「經過前幾日的校園古怪事件，你一定有很多疑問吧？回家後有沒有向碌鬼棒打聽出什麼？」

碌鬼棒只知道前主人是你的太爺，其他問題都因腦霧記不起來。

誰說我有腦霧呀！我的記憶力比你們都還要好！吼！

當然有問

說話小聲點！不能被其他人看見你懂說話，不然我們會有麻煩，明白嗎？

哈哈！

碌鬼棒大力眨眼表示明白。

「你知道關於我家族或太爺些什麼嗎？」雷楠鬆開手問。

「你家族由很久很久以前，已經暗地裏以『除烏師』的身分清除烏氣源頭，直到你太嫲年輕時在一次任務中遇上『驅靈師』——即是我前主人、你太爺，兩人隨即成了拍檔還拍起拖來更合作無間（真是一拍即合！），那段時期差不多『潔淨』了整個香港的烏氣源頭，鬼靈幾乎絕迹吼。」

「嘩！那麼太爺豈不是收集了很多很多靈符貼紙？那些貼紙現在都在哪裏呢？」小奇插嘴問。

「大概有三百多張吧。但發生『那件事』後，我就被人封印了，貼紙的去向和後續的事，我全不知道吼。」碌鬼棒嘆道。

三百多張
那麼多！

錯重點了吧！？

　　雷楠瞪了小奇一眼，示意不要扯開話題，讓碌
鬼棒說下去：「記憶有點模糊了，可是封印法術展
開前，有數個雷家成員在背後緊追着太爺，我想太
嬤一定很憤怒！」

這時列車剛好到站，小奇下車時不忘取笑碌鬼棒：「你什麼都記不起來，還敢說自己記憶力好？我想你連乘數表也不會背啦，哈哈哈。」

臭小鬼⋯⋯你膽敢⋯⋯

慢住，什麼是乘數表吼？

哈哈哈

雷楠完全沒有留意小奇和碌鬼棒在吵個什麼，只帶着失望和遲疑的神情緊隨其後。

第 2 話　誰在商場裏搞鬼？

　　當小奇踏入商場，發現四周人來人往，便問：「這個商場那麼熱鬧，而且太陽還未下山，鬼靈真的會出現嗎？」

　　「人流多少和早晚時間，都不是影響『靈』出現的因素。只要是陽光照射不到的地方，它們都有機會存在。而人們能否看見，就視乎『靈』本身想不想現身，又或者你的『觸靈度』是否強大到看得見不願現身的靈。」

雷楠說罷便閉上眼睛，用心搜索，終於開始感到有零散烏氣散落在商場各處，她於是和小奇在商場四處尋找烏氣源頭，但兩人找了很久也找不到。

　　雷楠說：「奇怪了，明明感應到有烏氣散佈在四周，卻沒有烏氣源頭，這並不尋常呢……」

二十分鐘後

走了二十分鐘也找不到鬼靈,你是否被騙啊?很累了……

我想去那間店吃雪糕!

好啦,我們先休息一會吧。

「嘩呀……雷男你快過來看，這鬼靈很噁心啊！」小奇嚇得坐在地上叫道。

「你怎麼可以這樣！居然說美美噁心……真沒禮貌！ 😦」美美不滿。

雷楠跑過來，對小奇說：「我感覺到它存在，但看不見呢。」

「哎唷，原來美美忘了穿過玻璃，你們現在可以看清楚我的美妙舞姿啦，欣賞完別忘了讚賞美美啊！🖤」美美提起裙子，自信地轉了一圈又一圈。

搞什麼鬼啊？我都沒胃口吃雪糕了！

「哼☹️，這隻沒禮貌的猴子！美美不喜歡他！」美美面露不悅，指着小奇說。

雷楠忍着笑問：「噗……咳咳……失禮了，請問你是誰？為什麼會在這裏出現？」

雷楠斜着眼，尷尬地笑說：「以鬼靈界的
標準，當然算漂亮啦……哈哈。」

附錄
靈異資料冊 ①

◎ [「靈異現場」網絡群組]

由一群靈異愛好者自發建立的聊天群組，除了圍繞鬼靈的話題外，組員還會即時匯報各區最近遇上靈異事件的地點，讓群內其他組員也可趕到現場親身「體驗」靈異事件。

雷楠最近也加入了群組，但只用作打聽鬼靈出沒的消息，從不會發言。

26

［霧海的倒霉事件簿］

第 3 話　兩個辮子姑娘

　　小奇滿頭問號：「你明明是男生，還好意思稱呼自己姑娘？」

　　「噓！」雷楠打斷小奇，上下打量美美幾下，又繼續問：「這裏並不是辮子姑娘的源頭，你理應不會在這裏出現，而且你的外表……和傳說中的辮子姑娘有很大出入，究竟是怎麼回事呢？」

29

　　雷楠未及反應過來，美美已激動地說：「美美

還沒有輸呀！你該不會是妒忌即將有兩人同時稱讚

美美漂亮吧？ ♥」

小奇認真地看了看美美和飛下來的孖辮鬼靈，

驚覺：「原來它們穿同一款衣服！哈哈，不過美美

穿起來又肥又醜又黑，另一隻鬼靈可愛多了！」

這個肥大叔可不簡單，單是眼神，就嚇得小奇彷彿凍結成冰，一動不動，直至被孖辮鬼靈的叫聲喚醒。「快點離開，你們打不過暴走狀態的美美！」

雷楠當機立斷，拉着小奇轉頭就跑，跑了數步已聽到美美用低沉的聲線咆哮，兩人不敢回頭，立即加速跑到上層。

小奇悄悄問：「那隻肥鬼靈為何突然暴走？」

「就是你亂說話，影響了鬼靈的情緒才弄成這樣！無論人、動物或靈，都應該受到尊重！」雷楠激動地訓話，使小奇不禁沉默起來，無法回話。

吼！

「快點走吧，美美快要追上來了！」孖辮鬼靈說。

「謝謝你剛才替我們擋住美美！你現身後，我才清楚見得到你。你和美美是同伙的吧？為什麼會來這裏？」雷楠逃跑時也不忘調查鬼靈出沒事件。

「美美和我是『辮子會』的姊妹，來商場當然是為了試穿櫥窗內的新衣啊！我們還在比賽誰得到最多人的稱讚。」孖辮鬼靈語氣一轉，問：「說起來，為什麼你們知道了我和美美是鬼靈也不害怕，你們究竟是什麼人？」

「我是『除烏師』，負責清除烏氣源頭，令傷害人類的壞鬼靈能力減弱，日後都不能再作惡；而他是我的拍檔——小奇。」雷楠自我介紹。

「你也紮着孖辮，難道也是什麼傳說中的辮子姑娘？」小奇問。

「我的確是辮子姑娘。」孖辮鬼靈回答。

雷楠困惑起來：「怎麼會有兩個辮子姑娘？」

「我和美美都是來自傳說中的辮子姑娘，隨着各種負能量不斷在源頭累積，慢慢結合而誕生不同的鬼靈。」孖辮鬼靈解釋。

「烏氣源頭果然是要徹底清除！」雷楠暗下決心。

因為這個多嘴的小鬼連續說了美美的「三個禁詞」！

就是「肥」、「醜」和「黑」？

噓！

小聲一點，別給美美再聽到！

「美美的來源結合了不少人類對外表的執念，還記得美美『生日』那天，一群打扮成魔法少女的男生，把一堆堆不知什麼東西拋進源頭那棵樹的樹洞，還抱怨有人取笑他們長得『肥、醜、黑』。美美就是從這些怨念中誕生，不難想像美美對這三個禁詞非常敏感。」

雷楠不小心想像了一下畫面，覺得有點好笑，但美美的巨大身軀把她拉回了現實，只好忍着笑問：「任由它繼續暴走，恐怕會弄傷途人和破壞商場，有什麼辦法可以令它回復正常？」孖辮鬼靈搖搖頭，實在束手無策。

一隻巨手突然穿牆過壁，在雷
楠一伙人面前伸出來——

42

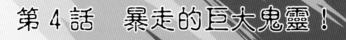

碌鬼棒應聲變回原來大小，重重擊在美美手掌上，可是美美絲毫無損，更握起拳來，看來打算捉住小奇，幸好小奇靈活地向後方滾動避開。

召喚「搗蛋塗鴉」幫忙吧，吼！

可以召喚的嗎？要怎樣召喚？

興奮

你好歹先從背包拿出「搗蛋塗鴉」的靈符貼紙呀。

「你男扮女裝很醜啊，哈哈哈！」搗蛋紅說。

「你又肥又黑，這麼笨拙，肯定捉不到我們！」
搗蛋綠說。

「又肥又醜又黑！」四隻搗蛋鬼靈輪流用言語
攻擊美美。

原意是想找幫手，豈料「搗蛋塗鴉」卻幫倒忙，
使美美怒氣沖天，身體愈變愈大，小奇心知不妙。

53

美美氣瘋了，旋即轉移目標，一掌揮向孖辮鬼靈。孖辮鬼靈雖然用辮子纏上了美美雙手，卻反被美美用力拉扯頭髮，一下子連靈帶辮重重倒地。

　　小奇見救命恩人受傷了，不由得激動地大叫：「孖辮！」還打算衝過去看看它的傷勢。

　　不過，雷楠馬上制止：「停下來！現在衝過去也幫不上忙，況且你也是攻擊目標之一！」

但孖辮救過我，是好的鬼靈，不應因為我說錯話而受到傷害！

巨手硬生生的停在小奇面前，一動不動。這一刻，美美回想起一段段由不同男生因為喜歡魔法少女而被同學取笑、排擠的往事。那些可憐的男生把珍藏的模型、變裝服飾、周邊精品等，夾雜着不愉快回憶丟棄在同一個樹洞中……美美這個男生怨念集合體初嘗被別人道歉，感覺無所適從，內心卻湧出了無比舒暢的感動，更不自覺流下眼淚，巨大的身體像泄氣的氣球般漸漸縮小，回復原狀。

附錄
靈異資料冊 2

◎ [非心（辮子姑娘）]

又稱孖辮、心心。人們帶着傷心和恨意，把表白失敗的情信，或在分手後把定情信物，丟到辮子姑娘源頭一棵大樹的樹洞中，這些負能量在源頭發酵後誕生出非心。非心是感情失意的集合體，對感情抱消極態度。

◎ [美美（辮子姑娘）]

辮子姑娘源頭那棵大樹的樹洞，除了成為愛情信物之墓外，一群愛好魔法少女系列作品並作女裝打扮的男生，也曾經懷着沮喪的心情，在此集體棄掉變裝服飾。美美是由這些男生的執念發酵而成，仍然忘不了男扮女裝的愛好，受到批評時容易發怒，對於「肥、醜、黑」這三個禁詞更為敏感，會失控變大身體襲擊批評者。

⊙ [再來市商場保安的奇遇]

第5話　還有第三個辮子姑娘？

小奇無力地跌坐在原地，雷楠也鬆一口氣走到他身邊，輕輕摸一摸他的頭，說：「你終於明白要尊重鬼靈了。幸好你的辦法成功，不然會給美美拍扁成屎餅。」

「哈哈哈，好玩不玩竟然玩屎……雷男你真的好骯髒呀！」小奇爆笑道。

「哼！有那麼好笑嗎？而且碌鬼棒（註：通渠泵）才髒啊！」雷楠不爽回應。

碌鬼棒無故受到牽連，自然氣得連聲反擊，不過壓根沒有人關心它。

美美你還好嗎？

美美剛才是否又失去理智暴走了？

啊！？你身上的傷⋯⋯難道是美美弄傷的嗎？心心對不起，美美不是故意的⋯⋯

嗚⋯⋯

不要緊！只是輕傷而已，最重要是你恢復理智。

美美只依稀記得有人對美美說了些好聽的話，其他都記不起來⋯⋯

孖辮鬼靈指着小奇說：「這小鬼剛才勇敢地站在發狂的你面前，為取笑你的行為道歉，我想他真心知錯了，你就原諒他吧。」

「在美美身上所有回憶中，這小鬼是第一個為取笑美美而道歉的人！」美美握着小奇雙手續說：

啊！你不要誤會好不好！剛才是「道歉」，不是「表白」呀！我可沒說過要跟人妖做朋友！

信不信我現在就把你這……

哈哈，

美美回復原狀太好了，那現在你們打算怎樣？

「那邊還有商舖未逛……」美美話未說完，眾人已感到一陣猛烈的寒意逼近，孖辮鬼靈和美美臉色一變，露出了極度驚恐的表情。

美美，非心，回去。

「我倒是第一次遇到傳說中的鬼靈。」雷楠緊張地說。

「美……美美不想回去！這邊比『古樹』好玩多了呢！」美美孩子氣地嚷着。

「偷走是我們不對，但這邊真的很有趣！不如露姐也一起……」

回去！

不捨……

不願……

向上飄走……

「可是它們明明不情願……」小奇反駁。

辮子姑娘轉頭望了他一眼，便和美美、孖辮鬼靈非心三靈一同消失了。

「況且美美像個不穩定的計時炸彈，暴走後非常危險，實在不宜在人煙稠密的地方徘徊，請它們離開也是我們今次來的目的之一，現在總算完成了工作。」雷楠環顧商場的戰鬥痕迹分析。

「我也想跟他一樣，有很多很多鬼靈同伴！」小奇興奮地說。

雷楠思考了一會，說：「嗯……假設清除了源頭，善良的鬼靈流離失所四處遊蕩，多少會對人們造成困擾，把它們納為同伴也是個好提議……但前提是得到對方同意呢。」

「那現在就去救同伴吧！」小奇催促。

「美美和孖辮還沒有答應成為同伴喔。不過我對辮子姑娘的源頭很在意，不如立刻就去視察吧！」

第6話 古樹的秘密

「到底辮子姑娘是什麼？」在乘車前往中文大學期間，小奇禁不住問。

那是香港代代相傳的都市傳說⋯⋯

相傳一個女子乘火車從內地偷渡來香港時，不幸遇上意外變成鬼靈，

而事發地點正正就是現在中文大學的一條小徑。

後來經常有學生看見一個把辮子紮在前面，遮蓋住整張臉的女子四處徘徊，就稱它為辮子姑娘。

「啊！小奇，你剛才看到辮子姑娘的模樣嗎？有看見它的臉嗎？」雷楠有點在意。

　　「它的臉很蒼白，表情極冰冷，穿着破爛的長裙，有種陰森的感覺。」小奇回憶着。

　　「我也想看看傳說中的辮子姑娘是什麼樣子呢。」雷楠羨慕地說。

我是第一次來到中文大學呢,將來我也要入讀這所學校!

上大學對你來說還很遙遠,現在先專心找源頭吧。

　　當他們走到食堂附近,烏氣濃度開始變強,兩人都不禁停下腳步。但環顧四周,空曠無人,昏暗的路燈加上入夜後吹起陣陣涼風,使環境顯得格外陰森。兩人吞了吞口水,鼓足勇氣,雷楠便集中精神召喚出靈獸吸收烏氣,小奇則握着變回原狀的碌鬼棒,守在雷楠身邊。

這些是什麼？

這些是「靈塵」，透過靈獸吸回來的烏氣，會轉化成「靈塵」，

可以用來製成對付壞鬼靈的道具，剛才的「痛魂啫喱」就是其中一種了。

結界墨水

痛魂啫喱

還有上集用過的結界墨水！

碌鬼棒說：「那個啫喱好像很好吃，給我一個吼！」

「那是對付鬼靈的道具，你吃了會死呀！」小奇制止。

「才不會吼！我又不是壞鬼靈。」

嘻！

我也要吃！

完成工作後再分給你吧，現在要留來應戰。

白痴！人類不能吃呀！

除非你想滿肚子都是肥皂泡啦！

嘔……

應該就是這裏……剛才它們提及過「古樹」，而且四周的烏氣非常濃密。

他們小心翼翼地接近古樹，乍看之下，在古樹離地一扇門高的位置，還有個樹洞。在好奇心驅使下，小奇踮起腳，盡量高舉碌鬼棒，讓它望望樹洞中究竟藏着什麼。

「若這裏是源頭的話，這些雜物就一定有存在的理由，就像激發美美誕生的模型和女裝衣服！嗯，難道這是辮子姑娘們收集怨氣的地方？」雷楠沉思了一會，自言自語地分析。

小奇邊撐起身邊問：「你⋯⋯你是誰？頭上有辮子，難道又是辮子姑娘嗎？」

「我當然是辮子姑娘！嘻嘿，我是來跟小奇你做朋友的！」陌生鬼靈說。

雷楠擋在小奇面前：「這隻鬼靈很可疑⋯⋯」

「它的造形很面善吼⋯⋯好像在哪裏見過。」碌鬼棒回憶着。

　「但它也是辮子姑娘，應該是美美和孖辮的朋友，你怎會覺得它是壞鬼靈？」小奇檢查自己的傷口時，懷疑地問。

　「你要相信女生的直覺！我雖然看不到它，但它散發出來的危險感覺，可一點也不像辮子姑娘！」雷楠堅持。

美美也從樹上跳下來：「是要英雄救美美嗎？你對美美死纏爛打，很開心喔！♥」

「『死纏爛打』不是這樣用……是『一片痴心』吧？不！好像哪裏怪怪的……」雷楠在旁小聲吐槽。

小奇卻自顧自宣告：「請你們成為我的伙伴，一起對付壞鬼靈！」

快滾！

非心連忙解釋：「不是的！露姐是我們的大姐姐，一直很照顧我和美美，我們三個關係很要好，請小奇別說它是壞鬼靈。你們來這裏玩我真的很開心，但……」

「露露不要傷害美美的朋友奇奇！從未有過『辮子會』以外的朋友特地來探訪，美美很高興。」美美求情。

「他們不是什麼壞人，露姐別傷害他們。」非心也護在雷楠面前說。

小奇和雷楠連連後退，非心急忙阻止：「露姐別攻擊，他們現在就回去！」又轉過頭說：「我未見過露姐如此憤怒，你們不是它的對手，快走！」

　　小奇拿起變回原狀的碌鬼棒，大步踏過剛才的裂痕。

「我要帶美美和孖辮離開！」

　　才剛說完，一條辮子飛快打在小奇的嘴巴上，使他向後彈開倒地，露姐靈力全釋放說：

心，美，回來！

鴉，逐客！

附錄 靈異資料冊 ③

◎ [靈塵]

靈獸吸收烏氣後過濾出來的粉末，透過「除烏師」家族古書《除烏淨典》內的配方，便可調製出對付壞鬼靈的道具。由於《除烏淨典》用古文記錄，雷楠暫時只解讀出兩條配方，或許將來碌鬼棒能幫上忙！？

◎［結界墨水］

由靈塵加開水調配而成，灑在房間四面牆壁上，可短暫阻止鬼靈穿牆過壁，但直接灑在鬼靈身上卻沒有任何效果。

上集已經登場！

◎［痛魂啫喱］

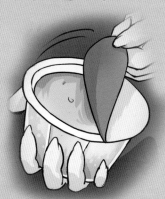

由靈塵加洗潔精、啫喱粉調配而成，把痛魂啫喱擲向壞鬼靈身上能夠產生大量泡沫，使鬼靈感到劇痛，還會令鬼靈異常憤怒，如不是短跑冠軍千萬不要隨便使用。另外，可以作為碌鬼棒的零食……！？

第 7 話　辮子會解散

雷楠挖苦：「你說錯話給別人掌嘴啦，都變成『孖潤腸』了，還在亂說！」

非心說：「但這次他說得對，露姐真的很壞！」

剛才那隻可疑的鬼靈突然在小奇身旁冒出，伸出尖爪發動攻擊，雷楠立刻召喚靈獸吞下它的手。

「你這個叫鴉的傢伙，由我來阻止你傷害小奇！」雷楠還拿出「痛魂啫喱」擲過去，使它瞬間被大量泡泡包圍。

啊！

我叫鴉烏子，
不是鴉！
你竟敢弄痛我！

　　揚起的灰塵散去後，方可看見小奇用碌鬼棒擋住了這一下攻擊，美美和非心都放下心來，立刻從露姐的辮子掙脫出來。

　　「露姐這次太過分了！小奇雖然不是『辮子會』的成員，卻是我和美美的朋友，我不會讓你再傷害我們的朋友！」非心生氣了。

　　「美美也是！」

露姐大感錯愕，想不到至親會為外人反抗自己，一時反應不來。小奇趁着這空檔，從袋中拿出「搗蛋塗鴉」靈符貼紙，偷偷貼在露姐的辮子上。

橡筋圈大比拼！

奇奇沒事吧？
美美和心心會
保護你的。

煙塵再度揚起，露姐的
辮子並沒有傷及小奇，卻在三
姊妹之間劃下了裂痕。

「回來！他們，壞人！」露姐憤怒地說。

「不！平時我和美美都聽你話，為什麼你就不能聽我和美美一次？你總是為我們安排好一切，但根本不明白我們想要什麼！」非心抱怨。

「美美每次想到外面看看，露露就只會說外面危險。這次若不是鴉鴉的協助，美美永遠不會知道外面多麼五光十色、多姿多彩！露露是騙子！」美美也不退讓。

縮回

一直與鴉烏子戰鬥的雷楠，發覺周遭突然變安靜，緊張得大叫起來：「小奇沒事吧！？」

嘻嘿，明明已經陷入苦戰，還有空擔心別人嗎？

啊！

踩

碌鬼棒率先回來救同伴，一下撞向鴉烏子，沒料到鴉烏子幻化成一堆黑色羽毛躲開，使這一撞落空了。

　　從三姊妹吵架團逃出來的小奇，剛好與鴉烏子碰個正着──它站在碌鬼棒頭上，伸出利爪準備攻擊，幸而從遠處擲來的東西擊中了鴉烏子的頭，使它慘叫倒地。

　　「你那些脆弱的羽毛傷不到我的！」滿身傷痕的雷楠手握痛魂啫喱杯說。

　　這時，露姐在遠處呼喊：「鴉，停手！」

怎麼了？
要使出絕招對
付他們嗎？

看到雷楠、小奇、美美和非心站

在同一陣線，露姐冷冷地說：

話一出口，它就轉身飄回樹頂。

「什麼？」鴉烏子呆了，甚至氣得望着小奇咬

牙切齒，但也只好跟着露姐跳到樹頂去。

附錄
靈異資料冊 4

◎ [鴉烏子]

神秘的鬼靈，混入「辮子會」教唆美美和非心到城市裏製造混亂，是導致「辮子會」解散，三姊妹反目的元兇。行事狡猾，被雷楠看穿對小奇心懷不軌，不知盤算着什麼詭計！？和碌鬼棒似乎曾經碰過面！？

◎ ［露姐（初代辮子姑娘）］

很久以前因意外不幸變成鬼靈，事發地點在大學後山小徑旁，後來一直隱居在古樹上，這裏自此成為了烏氣源頭，而它也變成街知巷聞的傳說，藉着傳說不斷流傳而獲取力量。烏氣不斷積聚，也影響了人們的心靈，驅使他們紛紛把更多負能量投放到古樹的樹洞中，分別誕生出非心和美美。在不情願下被加入了「辮子會」，起初投入度很低，後來逐漸以大姐姐的身分照顧非心和美美，三靈感情像姊妹一般。

由於是傳說級的鬼靈，靈力非常強大，以小奇和雷楠現時的實力，根本完全不是它的對手，它會否是小奇驅靈路上一大難關！？

第 8 話　兩位新伙伴

　　雷楠彷彿預知了小奇的行動，一手拉住他的背包，阻止他追過去。「冷靜點小奇，我們現在不是它對手，水平差太多了……」

　　小奇扁着嘴，露出不爽的表情。

美美是否被趕出來了嗎？

不是它趕我們出來，是我們不想回去呀！

雷楠走向美美和孖辮說：「你們有什麼打算？若果還未想到，不如先來我家吧！」

　　「咦！可以到雷男你家玩嗎！？」小奇興奮地說。

　　「誰說讓你來？今晚是女生之夜，不歡迎男生。」雷楠說。

　　「什麼嘛！？美美也是男生啊！」小奇指着美美告狀。

　　「我只是通渠泵，沒有性別之分的，應該可以到你家吃啫喱吼！」碌鬼棒笑騎騎的轉移話題。

　　「碌鬼棒你別裝傻了。」

　　美美和非心都笑了。

喂！

　　雷楠一打開家的大門，小奇便一支箭似的跑進屋內，惹得雷楠怒吼：「臭小子，到訪別人家要先脫鞋呀！」

　　美美立即用辮子纏着小奇，凌空把他再次帶回門外：「奇奇還是先脫鞋鞋再進去吧！別把地方弄得髒髒喲！」

　　小奇和碌鬼棒都打了個冷震，異口同聲說：「別再說疊字呀！」

雷楠專注地用酒精噴霧消毒小奇踏過的地面，非心卻說：「你的傷口還在痛嗎？不如先處理傷口吧！」說着它用靈活的辮子幫雷楠消毒。

　　雷楠閒下來，便隨口問：「其實你們『辮子會』是做什麼的？」

　　「『辮子會』由我提議創立，是交流打扮、護膚和保養辮子的『扮靚協會』，成員一直以來只有我、美美和……壞了的露姐。」

　　「那個鴉烏子呢？它說自己也是辮子姑娘。」

「它是最近才加入辮子會的。看來應該是流浪的鬼靈，來到『古樹』旁嚷着要加入，我們看它也紮起辮子，符合入會資格，便讓它加入。不過多得它，我們才知道外面的世界是多麼有趣！」

「不過，它好像對小奇很感興趣，可能有什麼陰謀……」

「相比起玩樂，幫助奇奇對付壞鬼靈似乎有意義得多。如果真的用得着我們，不就代表我們也有存在的價值，不再只是被別人丟棄在樹洞裏的東西嗎？」美美滿足地說。

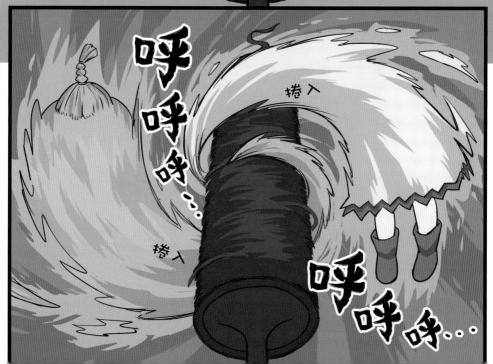

雷楠在送小奇回家的路上，語重心長地說：「今晚好好休息一下，明天開始有重要的事情要做啊。」

　　「我知！要請我吃雪糕，你從再來市商場那裏就欠我一杯！」

　　「不是呀！是進行修煉！」

　　「可以邊吃邊修煉嗎？」

　　「不行！」

心理測驗

看看你有沒有潛質成為鬼靈清潔隊的成員！

*不要偷看右頁的結果喔！

1. 當你獨自在回家的路上遇到鬼靈時，你會

A 問它在做什麼。　　　　B 拔足逃跑。

2. 哪個網絡群組更吸引你加入？

A 靈異現場。　　　　B 小食店優惠天地：免費雪糕日。

3. 你可以接受自己多少天沒洗澡？

A 不能接受。　　　　B 三天。

4. 和朋友一同到戲院，他們提議觀看恐怖片，你會

A 立刻買戲票。　　　　B 裝肚痛離開。

5. 飯後獨自在房間溫習，感覺到身後有雙眼凝視着你，那會是

A 鬼靈。　　　　B 母親。

6. 在學校廁格內傳出哭泣聲，你覺的會是誰？

A 傷心的同學。　　　　B 同學肚痛的痛苦呻吟。

7. 有天發現錢包零用錢不見了，你會跟母親說什麼？

A 鬼靈偷了我的錢。　　　B 給小食店老闆搶走了。

 6題都選A：

恭喜你！你已是鬼靈清潔隊的成員了！

 4題以上選A：

你很有潛質成為鬼靈清潔隊成員，
雷楠會聯絡你。

 3題以下選A：

你成了鬼靈清潔隊的後備成員，繼續努力！

 7題全選A：

你這個不誠實的小鬼，被取消資格了！

② 誰在商場裏搞鬼？

作　　者：Henrism

責任編輯：林沛暘

作畫協力：Lillian Tse、Woody

美術設計：迴創藝室

出　　版：明窗出版社

發　　行：明報出版社有限公司

　　　　　香港柴灣嘉業街 18 號

　　　　　明報工業中心 A 座 15 樓

電　　話：2595 3215

傳　　真：2898 2646

網　　址：http://books.mingpao.com/

電子郵箱：mpp@mingpao.com

版　　次：二○二四年二月初版

I S B N：978-988-8829-09-5

承　　印：美雅印刷製本有限公司